MME RÉCAMIER

Souvenirs et Correspondance tirés des papiers de Mme Récamier, 2 vol. in-8°, 1859.

Ce livre est un monument de piété filiale. La piété filiale n'est pas rare, ni prompte, quand la mort lui enlève l'objet de son culte, à se dissiper dans l'oubli, ce honteux remède aux souffrances du cœur. C'est l'un des sentimens qui sont le fait de notre destinée, non de notre choix, et auxquels Dieu semble avoir voulu attacher le beau caractère de la durée, comme pour nous rappeler sans cesse que nos propres œuvres restent flottantes, et qu'aux siennes seules il appartient de ne pas changer. La piété filiale qui a voulu faire revivre pour le public Mme Récamier a quelque chose de particulier et d'original : elle est un sentiment à la fois naturel et libre, venu en même temps de la destinée et de la volonté humaine. Mme Récamier n'avait et ne devait point avoir d'enfans. « Après avoir pris les eaux d'Aix et en revenant en Touraine rejoindre Mme de Staël, elle s'était arrêtée deux ou trois jours en Bugey pour y visiter une des sœurs de son mari qui habitait ordinairement Belley, petite ville très voisine de la frontière de Savoie. Ce fut là que, séduite par la physionomie d'une petite fille de sa belle-sœur, Mme Récamier eut l'idée d'emmener et d'adopter cette enfant. La proposition qu'elle en fit aux parens fut d'abord acceptée avec reconnaissance; puis, au moment du départ, le sacrifice sembla trop cruel à la jeune mère, et ce projet ne se réalisa pas. Quelques mois plus tard, Mme Cyvoct ayant succombé, à vingt-neuf ans, à une maladie de poitrine, M. Récamier renouvela, au nom de sa femme, la proposition de se charger de sa petite-nièce, et l'enfant, alors âgée de cinq ans, fut envoyée à Paris au mois d'août 1811. » C'est cette enfant, Mlle Cyvoct, aujourd'hui Mme Lenormant, qui publie les *Souvenirs* de Mme Récamier. La tante a été une mère, une mère qui avait choisi sa fille. La fille, après trente-huit ans de vie commune et dix ans de mort, porte à sa mère adoptive une tendresse au moins filiale, autant d'admiration que de tendresse, et un ardent désir d'attirer encore aujourd'hui à l'objet de son culte, de la part de tout le monde, tous les hommages de cœur et d'esprit qu'elle lui offre tous les jours.

Il est presque également beau d'inspirer et d'éprouver un sentiment si passionnément tendre et fidèle. Fût-il seul, ce fait suffirait pour donner au livre qui le retrace un caractère rare et un vif intérêt; mais un autre fait plus singulier s'y rencontre à chaque page. Cette admiration passionnée, cette affection constante, ce goût insatiable pour sa société, sa conversation, son amitié, Mme Récamier les a inspirés non-seulement à sa fille adoptive, à ses relations intimes, mais à tous ceux qui l'ont approchée et connue, aux femmes comme aux hommes, aux étrangers comme aux Français, aux princes et aux bourgeois, aux saints et aux mondains, aux philosophes et aux artistes, aux adversaires comme aux partisans des idées et des causes qui avaient sa préférence, bien plus, à ses rivales dans les affaires de cœur presque autant qu'à ceux-là mêmes dont elle leur enlevait la possession.

Je veux rappeler et réunir autour de cette idole ses principaux et très divers adorateurs. Ce cortége peut seul donner une juste idée de son charme et de son empire.

Mme Récamier entra dans le monde à une époque triste et impure, sous le régime du directoire, c'est-à-dire des conventionnels après le règne et la chute de la convention, républicains sans foi, révolutionnaires décriés, lassés et corrompus, mais point éclairés ni résignés, exclusivement préoccupés de leur propre sort, se sentant mourir et prêts à tout faire pour vivre encore quelques jours, des crimes ou des bassesses, la guerre ou la paix, ardens à s'enrichir et à se divertir, avides, prodigues et licencieux, et se figurant qu'avec l'échafaud de moins, un laisser-aller cynique et des fêtes interrompues au besoin par des violences, ils détourneraient la France renaissante de leur demander compte de leurs hontes et de ses destinées. Les désordres et les périls de la révolution avaient mis la famille de Mme Récamier en rapport avec quelques-uns des hommes importans de ce régime : Barrère venait chez ses parens, elle allait quelquefois aux fêtes de Barras. Sa nièce prend avec raison grand soin de dire « qu'elle resta tout à fait étrangère au monde du directoire, surtout aux femmes qui en étaient les héroïnes. » Pour une nature élevée, fine et honnête comme la sienne, c'était bien assez que les nécessités du temps lui en fissent entrevoir les hommes.

Heureusement pour elle, d'autres hommes entraient alors en scène, d'autres groupes se reformaient au sein de la France encore indignement gouvernée, mais qui du moins n'était plus odieusement égorgée. Bonaparte et son entourage, famille et compagnons de guerre, montaient au pouvoir sous la bannière de l'ordre. Les proscrits de toute classe et de toute date, nobles et bourgeois, prêtres et laïques, émigrés et constitutionnels de 1789, rentraient peu à peu dans leur patrie et dans leur situation. C'est au milieu d'une société empressée de redevenir régulière, tranquille et décente que Mme Récamier, à peine âgée de vingt ans et déjà célèbre pour sa beauté, allait vivre et briller.

C'est avec le héros et le maître de ce monde nouveau que, dans le récit de sa nièce, on la rencontre d'abord. « Le 10 décembre 1797, le directoire donna une fête triomphale en l'honneur et pour la réception du vainqueur de l'Italie. Cette solennité eut lieu dans la grande cour du palais du Luxembourg : au fond de cette cour, un autel et une statue de la liberté; au pied de ce symbole, les cinq directeurs revêtus de costumes romains; les ministres, les ambassadeurs, les fonctionnaires de toute espèce rangés sur des siéges en amphithéâtre; derrière eux, des banquettes réservées aux personnes invitées. Les fenêtres de toute la façade de l'édifice étaient garnies de monde; la foule remplissait la cour, le jardin et toutes les rues aboutissant au Luxembourg. Mme Récamier prit place avec sa mère sur les banquettes réservées. Elle n'avait jamais vu le général Bonaparte; mais elle partageait alors l'enthousiasme universel, et elle se sentait vivement émue par le prestige de cette jeune renommée. Il parut; il était encore fort maigre à cette époque, et sa tête avait un caractère de grandeur et de fermeté extrêmement saisissant. Il était entouré de généraux et d'aides-de-camp. A un discours de M. de Talleyrand, ministre des affaires étrangères, il répondit quelques brèves, simples et nerveuses paroles, qui furent accueillies par de vives acclamations. De la place où elle était assise, Mme Récamier ne pouvait distinguer les traits de Bonaparte : une curiosité bien naturelle lui faisait désirer de les voir. Profitant d'un moment où Barras répondait longuement au général, elle se leva pour le regarder. A ce mouvement, qui mettait en évidence toute sa personne, les yeux de la foule se tournèrent vers elle, et un long murmure d'admiration la salua. Cette rumeur n'échappa point à Bonaparte; il tourna brusquement la tête vers le point où se portait l'attention publique, pour savoir quel objet pouvait distraire de sa présence cette foule dont il était le héros : il aperçut une jeune femme vêtue de blanc, et lui lança un regard dont elle ne put soutenir la dureté; elle se rassit au plus vite. »

Elle n'était pas destinée à ne subir, de la part des Bonaparte et de Napoléon lui-même, que des mouvemens brusques et des regards durs. Lucien Bonaparte était ministre de l'intérieur; spirituel, hardi, libertin, déclamateur, « tout en lui visait à l'effet; il y avait de la recherche et point de goût dans sa mise, de l'emphase dans son langage et de l'importance dans toute sa personne. » La beauté de Mme Récamier le charma; elle s'appelait Juliette : il imagina qu'il la séduirait plus aisément en empruntant à Shakspeare son personnage le plus passionné; il se fit Roméo, et lui écrivit :

LETTRES DE ROMÉO A JULIETTE,

par l'auteur de *la Tribu indienne.*

« Encore des lettres d'amour!!! Depuis celles de Saint-Preux et d'Héloïse, combien en a-t-il paru!... Combien de peintres ont voulu copier ce chef-d'œuvre inimitable!... C'est la Vénus de Médicis que mille artistes ont essayé vainement d'égaler.

« Ces lettres ne sont point le fruit d'un long travail, et je ne les dédie point à l'immortalité. Ce n'est point à l'éloquence et au génie qu'elles doivent le jour, mais à la passion la plus vraie; ce n'est point pour le public qu'elles sont écrites, mais pour une femme chérie... Elles décèlent mon cœur; c'est une glace fidèle où j'aime à me revoir sans cesse; j'écris comme je sens, et je suis heureux en écrivant. Puissent ces lettres intéresser celle pour qui j'écris!!! Puisse-t-elle m'entendre!!! Puisse-t-elle se reconnaître avec plaisir dans le portrait de Juliette, et penser à Roméo avec ce trouble délicieux qui annonce l'aurore de la sensibilité!!! »

Mme Récamier ne voulut ni se reconnaître ni se troubler; elle rendit à Lucien Bonaparte ses lettres devant du monde, et en louant tout haut son talent, petite flatterie qu'il ne méritait pas. Lucien renonça à Roméo et écrivit à Mme Récamier en son vrai nom, aussi peu naturel, aussi ridicule sous sa figure propre que sous le masque. Il ne réussit pas davantage. Mme Récamier montra ces lettres à son mari, en lui proposant de fermer à Lucien sa porte; mais M. Récamier, tout en remerciant sa femme de sa confiance et de sa vertu, l'engagea à ne pas rompre ouvertement avec le frère du général Bonaparte, « ce qui pourrait compromettre gravement et peut-être ruiner sa maison de banque. » Et elle continua en même temps à voir et à repousser son emphatique amoureux.

L'hiver suivant, en 1800, le ministre de l'intérieur donna à son frère, le premier consul, un bal et un concert. Mme Récamier y fut invitée. « Arrivée depuis quelques momens et assise à l'angle de la cheminée du salon, elle aperçut devant cette même cheminée un homme dont les traits étaient un peu dans la demi-teinte, et qu'elle prit pour Joseph Bonaparte, qu'elle rencontrait assez fréquemment chez Mme de Staël : elle lui fit un signe de tête amical; le salut fut rendu avec un extrême empressement, mais avec une nuance de surprise. A l'instant, Mme Récamier eut conscience de sa méprise et reconnut le premier consul. Elle s'étonna de lui trouver un air de douceur fort différent de l'expression qu'elle lui avait vue à la séance du Luxembourg. Napoléon adressa quelques mots à Fouché, qui était auprès de lui, et comme son regard restait attaché sur Mme Récamier, il était clair qu'il parlait d'elle. Peu après, Fouché vint se placer derrière le fauteuil qu'elle occupait, et lui dit à demi-voix : « Le premier consul vous trouve charmante. »

« On annonça que le dîner était servi. Napoléon se leva et passa seul, et le premier, sans offrir son bras à aucune femme. On se mit à table : la mère du premier consul se plaça à sa droite; de l'autre côté, à sa gauche, une place restait vide. Mme Récamier, à qui la sœur de Napoléon, Mme Bacciocchi, avait adressé, en passant dans la salle à manger, quelques mots qu'elle n'avait pas entendus, s'était placée du même côté de la table que le premier consul, mais à plusieurs places de distance. Napoléon se tourna avec humeur vers les personnes encore debout, et dit brusquement à Garat, en lui montrant la place vide auprès de lui : « Eh bien! Garat, mettez-vous là. » Le dîner fut très court. Napoléon se leva de table et quitta la salle; la plupart des convives le suivirent. Dans ce mouvement, il s'approcha de Mme Récamier et lui demanda si elle n'avait pas eu froid pendant le dîner; puis il ajouta : — Pourquoi ne vous êtes-vous pas placée auprès de moi? — Je n'aurais pas osé. — C'était votre place. — C'est précisément ce que je vous disais avant le dîner, lui dit Mme Bacciocchi. »

Plus d'une grande fortune féminine a commencé dans les cours à moins de frais; mais il n'était ni dans la volonté, ni dans la destinée de Mme Récamier d'accepter celle qui s'offrait ainsi à elle, pas plus les brusques avances de Napoléon que la passion déclamatoire de Lucien. Elle avait dès lors, à vingt-trois ans, une singulière indépendance d'esprit et de cœur, et mettait son plaisir à sentir tous les mérites et à accueillir tous les hommages, sans s'inquiéter de savoir s'ils lui attireraient la faveur ou la mauvaise humeur des puissances du jour. Elle avait d'intimes amis parmi les adversaires déclarés de Napoléon, et leur était hautement fidèle; elle assistait au procès du général Moreau, relevait son voile pour le chercher des yeux sur les bancs des accusés, et lui rendait avec empressement le salut reconnaissant qu'elle recevait de lui. Autour même de Napoléon, parmi ses plus illustres généraux, elle comptait de nombreux adorateurs, les uns dévoués à leur maître, comme le duc d'Abrantès, les autres frondeurs et opposans, comme le général Bernadotte. Celui-ci avait, en 1802, rendu à Mme Récamier un grand service, en s'employant de très bonne grâce à faire sortir de prison son père, M. Bernard, gravement compromis dans des correspondances royalistes; elle lui en témoigna vivement sa reconnaissance, et, sans devenir auprès d'elle aussi pressant que Lucien Bonaparte, Bernadotte lui écrivait en 1806, presque avec la même emphase sentimentale : « Quand l'amitié, la tendresse et la sensibilité enflamment une âme aimante, tout ce qu'elle exprime est profondément senti. Je n'ai pas cessé de vous adresser mes vœux et mes souhaits, et quoique né pour vous aimer toujours, je n'ai pas dû hasarder de vous fatiguer de mes lettres. Adieu. Si vous pensez encore à moi, songez que vous êtes ma principale idée, et que rien n'égale les tendres et doux sentimens que je vous ai voués. »

Napoléon, qui avait de petites passions à côté des grandes, n'ignorait aucun de ces incidens semés dans la vie d'une femme qui avait attiré un moment ses regards, et en témoignait tout son déplaisir : « Qu'allait faire là Mme Récamier? » dit-il en apprenant qu'elle avait assisté à une séance du procès de Moreau. Et quand le renversement de la fortune de M. Récamier valut à sa femme les témoignages d'une sympathie générale, Napoléon, interrompant le duc d'Abrantès, qui lui en parlait avec émotion, lui dit d'un ton d'humeur : « On ne rendrait pas tant d'hommages à la veuve d'un maréchal de France mort sur le champ de bataille. » Pourtant le premier consul était devenu empereur; il formait sa cour : il y voulait tous les genres d'éclat, la beauté comme les grands noms, les gloires de salon comme celles des camps. Fouché, alors ministre de la police, se chargea d'y attirer Mme Récamier; il avait la confiance ironique des vieux corrompus qui n'imaginent pas que personne leur soit impossible à corrompre. Il entama d'abord sa négociation avec réserve, essayant de faire en sorte que Mme Récamier demandât elle-même une place à la cour. Elle évita de comprendre et de répondre. Fouché fit un pas de plus; il avait probablement pensé plus d'une fois et dit peut-être à ses affidés que le plus sûr moyen de faire Mme Récamier dame du palais, c'était d'en faire aussi la maîtresse de l'empereur, à qui cela plairait, et qui se déferait d'elle ensuite quand il voudrait. Les femmes ne savent pas à quel point la pensée et le langage de la plupart des hommes sont cyniques lorsqu'entre eux ils parlent d'elles, et le feu monterait au visage des moins délicates si elles entendaient quelques-unes de ces conversations. Avec une hypocrisie transparente, Fouché tenta la bonté en même temps que la vanité pour séduire la vertu. « Napoléon, dit-il à Mme Récamier, n'a pas encore rencontré de femme digne de lui, et nul ne sait ce que serait son amour, s'il s'attachait à une personne pure; assurément il lui laisserait prendre sur son âme une grande puissance qui serait toute bienfaisante. » Mme Récamier résistait toujours, cachant sous des paroles de défiance modeste son inquiétude et son dégoût. Fouché s'impatienta, et, sans doute de l'aveu du maître, il lui dit un jour : « Vous ne m'opposerez plus de refus; ce n'est plus moi, c'est l'empereur lui-même qui vous propose une place de dame du palais, et j'ai l'ordre de vous l'offrir en son nom. » Forcée de s'expliquer, Mme Récamier, qui avait consulté son mari et reçu de lui pleine liberté de suivre ses propres sentimens, répondit par un refus positif. Fouché changea de visage, et, passant de l'impatience à la colère, « il éclata en reproches contre les amis de Mme Récamier, surtout contre Matthieu de Montmorency, qu'il accusait d'avoir contribué à préparer *cet outrage* à l'empereur. Il fit un morceau contre *la caste nobiliaire*, pour laquelle, ajouta-t-il, *l'empereur avait une indulgence fatale*, et il quitta Clichy pour n'y plus revenir. »

La haine du vieux jacobin ne se trompait pas : en même temps qu'elle vivait et brillait dans le monde de la révolution et de l'empire, Mme Récamier avait contracté d'intimes relations dans l'ancienne société française, déjà rétablie à son rang mondain, quoiqu'à peine sortie de la proscription, et là aussi elle était entourée d'adorateurs. C'était au descendant de la plus illustre maison de la vieille monarchie qu'elle racontait les menées du proconsul révolutionnaire de Lyon pour la faire dame du palais du nouvel empereur. Trois générations de Montmorency, Matthieu, vicomte de Montmorency, Adrien, duc de Laval, et Henri de Montmorency, son fils, offraient à Mme Récamier leurs fervens hommages. « Ils n'en mouraient pas tous, disait le duc de Laval, mais tous étaient frappés. » Aucun ne fut frappé aussi profondément que Matthieu de Montmorency : cœur tendre, noble caractère, esprit médiocre, libéral ardent en 1789, chrétien et royaliste repentant en 1800, mais fidèle dans ses amitiés, quelles que fussent les révolutions de ses idées, ce vertueux grand seigneur s'éprit pour Mme Récamier d'une passion pieuse et ombrageuse, qui fut pour lui, pendant vingt-six ans, une préoccupation sérieuse et charmante, bien que quelquefois un tourment, et pour elle un doux et salutaire appui. Il l'aimait en amant, la respectait en frère, et veillait sur elle en directeur tendre et inquiet. Plus spirituel et plus frivole, le duc de Laval, homme du monde élégant et distrait, diplomate intelligent et digne, causeur agréable, fertile en mots heureux et imprévus, garda toute sa vie à Mme Récamier, malgré bien des embarras de situation, cette sincère amitié qui peut, entre honnêtes gens, succéder à un sentiment plus tendre. Le fils du duc de Laval, Henri de Montmorency, mourut jeune, et ne put que laisser entrevoir à Mme Récamier, et à peine entrevoir lui-même, le sentiment qu'elle lui inspirait. La possession de ces nobles cœurs ouvrit avec éclat à Mme Récamier les portes du monde aristocratique, et elle y entra comme il convenait à sa fierté naturelle, par droit de conquête, non par faveur.

Un autre homme, bien différent de ceux-là, mais en grand crédit au commencement de ce siècle, parmi les adversaires passionnés que la révolution s'était faits par ses folies et ses crimes, un philosophe converti, M. de La Harpe, prit aussi place dans la cour naissante de Mme Récamier, et apporta son tribut à cette jeune renommée. Je ne pense pas qu'il ait jamais été amoureux d'elle : il était déjà vieux et fort embarrassé d'un mariage ridicule qu'on lui avait fait faire, et qu'au bout de trois semaines il fut obligé de laisser rompre; mais il lui témoignait en toute occasion une admiration respectueuse et tendre. Lorsqu'il faisait à l'Athénée son cours de littérature, une place était réservée pour elle auprès de sa chaire; il allait souvent la voir à Clichy, faisait pour elle des vers et chez elle des lectures, et lui écrivait avec la galanterie d'un vieux lettré de bonne compagnie : « Je vous aime comme on aime un ange, et j'espère qu'il n'y a pas de danger. »

Précisément à la même époque, pendant que Mme Récamier déployait ainsi, dans le palais impérial et dans les salons de l'ancien régime, sur les Bonaparte et sur les Montmorency, son charmant et libre empire, une circonstance et une rencontre fortuites la mirent en rapport avec une personne qui devait occuper dans sa vie, non pas la première, mais une des premières places, et lui faire un peu partager les épreuves d'une orageuse destinée. M. Récamier était en marché pour acheter à M. Necker, dont il était le banquier, l'hôtel n° 7, rue de la Chaussée-d'Antin, et Mme de Staël, alors à Paris, suivait, pour son père, cette petite négociation. Mme Récamier a raconté elle-même, avec un naturel qui ne manque pas de couleur, l'incident qui en fut, pour elle, l'important résultat. « Un jour, dit-elle, et ce jour fait époque dans ma vie, M. Récamier arriva à Clichy avec une dame qu'il ne nomma pas, et qu'il laissa seule avec moi dans le salon, pour aller rejoindre quelques personnes qui étaient dans le parc. Cette dame venait pour parler de la vente et de l'achat d'une maison : sa toilette était étrange; elle portait une robe du matin et un petit chapeau paré, orné de fleurs. Je la pris pour une étrangère. Je fus frappé de la beauté de ses yeux et de son regard; je ne pouvais me rendre compte de ce que j'éprouvais, mais il est certain que je songeais plus à la reconnaître et pour ainsi dire à la deviner qu'à lui faire les premières phrases d'usage, lorsqu'elle me dit, avec une grâce vive et pénétrante, qu'elle était ravie de me connaître, que M. Necker, son père..... A ces mots, je reconnus Mme de Staël! Je n'entendis pas le reste de sa phrase, je rougis, mon trouble fut extrême. Je venais de lire ses *Lettres sur Rousseau;* je m'étais passionnée pour cette lecture. J'exprimai ce que j'éprouvais plus encore par mes regards que par mes paroles; elle m'intimidait et m'attirait à la fois. On sentait tout de suite en elle une personne parfaitement naturelle dans une nature supérieure. De son côté, elle fixait sur moi ses grands yeux, mais avec une curiosité pleine de bienveillance, et elle m'adressa sur ma figure des complimens qui eussent paru exagérés et trop directs, s'ils n'avaient pas semblé lui échapper, ce qui donnait à ses louanges une séduction irrésistible. Mon trouble ne me nuisit point; elle le comprit et m'exprima le désir de me voir beaucoup à son retour à Paris, car elle partait pour Coppet. Ce ne fut alors qu'une apparition dans ma vie, mais l'impression fut vive. Je ne pensais plus qu'à Mme de Staël, tant j'avais ressenti l'action de cette nature si ardente et si forte. »

Je ne sais si Mme de Staël aussi a décrit quelque part son impression à sa première rencontre avec Mme Récamier; mais, à coup sûr, elle aussi fut vivement frappée. Il suffit, pour en demeurer convaincu, de lire quelques-unes des lettres qu'elle lui écrivit dans le cours de leur longue intimité, et que Mme Lenormant a insérées dans ces deux volumes. C'est une effusion continue d'admiration et de tendresse passionnée, et une confiance pleine d'abandon dans la sympathie, l'affection, la fidélité de l'amie avec qui elle passe tour à tour de la contemplation à l'épanchement. Ces deux personnes se séduisaient et se fascinaient mutuellement, l'une par sa beauté et le charme pénétrant de son commerce, l'autre par la puissance de son âme et de son esprit, qui se répandait comme un torrent autour d'elle, et par la franchise impétueuse et généreuse qu'elle portait dans toutes ses relations, quel qu'en fût le caractère. Jamais peut-être deux femmes, toutes deux célèbres, n'ont été aussi sincèrement unies, et n'ont joui aussi vivement, dans l'intimité comme sous les yeux du monde, de leur très diverse célébrité.

En se liant avec Mme de Staël, Mme Récamier entra dans un troisième monde, fort différent des deux où elle avait déjà tant de succès et d'amis. Là se groupaient des hommes d'un esprit rare, politiques lettrés, libéraux de mœurs et de goûts aristocratiques, les uns débris vivans, les autres héritiers fidèles de 1789, tous décidés, malgré leurs tristesses et leurs mécomptes, à maintenir les principes généreux de cette grande époque et à ne pas désespérer de ses résultats, et presque tous adversaires déclarés ou observateurs méfians du régime impérial. Là aussi Mme Récamier eut grande faveur et fit de brillantes conquêtes, quelques-unes plus brillantes que solides, comme il arrive de beaucoup de conquêtes, et destinées même à perdre un jour leur apparent éclat. Ce fut là qu'elle connut Benjamin Constant, ce sophiste sceptique, moqueur et corrompu, qui devait avoir le triste sort de prouver lui-même, à la fin de sa vie, qu'il ne méritait pas les amitiés et les succès qu'il avait longtemps obtenus.

Ce n'est pas une des moindres singularités du caractère et de la vie de Mme Récamier que, dans toutes ces sociétés et ces opinions si diverses où elle avait tant de chauds et persévérans amis, elle ait eu aussi beaucoup de vraies et fidèles amies. Malgré les vicissitudes des situations, les animosités politiques, les rivalités d'amour-propre, même les jalousies de ménage, elle avait auprès des femmes presque autant d'attrait et de succès qu'auprès des hommes. Dans le monde napoléonien, la reine de Naples et la reine Hortense lui témoignaient une amitié pleine de coquetterie. Arrivait-elle à Naples en 1813, pendant la fortune du roi Joachim : aussitôt un page de la reine Caroline venait lui apporter les félicitations des deux souverains, leur vif désir de la voir bientôt, et une magnifique corbeille de fruits et de fleurs, « attention particulière de Mme Murat, qui se plaisait à deviner les goûts des personnes qu'elle aimait, et mettait un soin empressé à les satisfaire. » Venaient les cent jours et le bouleversement des rois et des peuples : au premier bruit de l'événement, la reine de Naples écrivait à Mme Récamier : « Si quelques circonstances que je ne désire certainement pas, mais qui peuvent peut-être arriver, vous engageaient à voyager, venez ici, mon aimable Juliette; vous y trouverez dans tous les temps une amie sincère et bien affectionnée. » Le monde changeait de nouveau de face. La reine Caroline, à son tour détrônée et proscrite, vivait solitairement à Trieste; Mme Récamier, voyageant de nouveau en Italie, lui écrivit de Naples même qu'elle ne voulait pas rentrer en France sans aller la voir. « En voyant la date de votre lettre, lui répondit aussitôt la reine déchue, j'ai frémi. Depuis dix ans, un pareil *nom* ne m'était pas parvenu, et j'évitais de me le rappeler, non par indifférence, mais par crainte de compromettre des personnes qui m'ont montré du dévouement, et qui me sont chères. Jugez donc de ma joie lorsque j'ai reconnu l'écriture de mon aimable Juliette. C'était le jour de ma fête, à mon réveil, que votre lettre m'est parvenue, et certes aucun bouquet ne pouvait être reçu avec plus de plaisir que les expressions de votre bonne amitié. Vous avez donc pensé à moi! » Avec moins d'abandon et de vivacité, la reine Hortense, dans sa haute fortune, témoignait à Mme Récamier les mêmes sentimens, et recevait d'elle, dans la mauvaise, les mêmes marques de fidèle sympathie. A l'autre pôle du monde politique, parmi les belles dames de l'ancienne aristocratie française, Mme Récamier ne rencontrait pas moins d'empressement et de faveur. La comtesse de Boigne devenait pour elle une intime et constante amie. Sans intimité, et dans une relation passagère, la duchesse de Luynes et la duchesse de Chevreuse, sa belle-fille, se livraient au charme de son commerce. La dernière, cette fière personne qui, après s'être tristement résignée à être dame du palais impérial, s'en était vengée et consolée en répondant à l'empereur Napoléon, qui voulait l'attacher au service de la reine d'Espagne, Marie-Louise, détrônée et détenue à Fontainebleau : « Je peux bien être prisonnière, mais je ne serai jamais geôlière, » la duchesse de Chevreuse, exilée à Lyon et presque mourante, écrivait à Mme Récamier : « Je regrette bien de n'avoir pas été un peu de vos amies à Paris; j'aurais pu alors vous être ici de quelque ressource. Véritablement, je vous dirais, comme saint Augustin au bon Dieu : « Charmante beauté, je vous ai vue trop tôt sans vous connaître, et je vous ai connue trop tard. » Excusez ce petit transport qui me donne assez l'air d'un de vos correspondans, et dites-vous que nous vous aimons beaucoup toutes deux. » Enfin des étrangères, des femmes célèbres pour leur propre compte dans le monde européen, Mme de Krüdner et Mme Svetchine, cédaient comme d'autres, même malgré des préventions défavorables, à l'attrait de Mme Récamier, et le lui exprimaient de façons très diverses, mais également significatives. Mme de Krüdner, désirant et craignant tour à tour de l'attirer dans les réunions de prières et de conférences mystiques qu'elle consacrait à la conversion des assistans, surtout à celle de l'empereur Alexandre, lui faisait écrire par Benjamin Constant : « Je m'acquitte avec un peu d'embarras d'une commission que Mme de Krüdner vient de me donner. Elle vous supplie de venir la moins belle que vous pourrez. Elle dit que vous éblouissez tout le monde, et que par là toutes les âmes sont troublées et toutes les attentions impossibles. Vous ne pouvez pas déposer votre charme, mais ne le rehaussez pas. » Plus sérieuse, quoique sous une forme souvent subtile et peu naturelle, Mme Svetchine, après ses premières relations avec Mme Récamier, lui écrivait de Naples : « Notre rapprochement, nos impressions si rapides, ma joie, ma peine, tout cela me paraît comme un rêve; je sais seulement que je voudrais avoir toujours rêvé. Je me suis sentie liée avant de songer à m'en défendre; j'ai cédé à ce charme pénétrant, indéfinissable, qui vous assujettit même ceux dont vous ne vous souciez pas. Si nous nous étions trompées toutes deux, je serais sans consolation, et ma raison ne serait pas sans reproche; mais qu'importe d'avoir été prudent quand on est bien malheureux? Vous me manquez comme si nous avions passé beaucoup de temps ensemble, comme si nous avions beaucoup de souvenirs communs. Comment s'appauvrit-on à ce point de ce qu'on ne possédait pas hier? Ce serait inexplicable, s'il n'y avait pas un peu d'éternité dans certains sentimens. On dirait que les âmes, en se touchant, se dérobent à toutes les conditions de notre pauvre existence, et que, plus libres et plus heureuses, elles obéissent déjà aux lois d'un monde meilleur. »

L'empressement et la sympathie des visiteurs étrangers pour Mme Récamier ne se manifestaient pas toujours avec tant d'émotion et de gravité. « Dans l'hiver de 1807 à 1808, le grand-duc héréditaire de Mecklembourg-Strélitz, frère de la reine de Prusse, vint à Paris. Ce fut à un bal de l'Opéra qu'il rencontra pour la première fois Mme Récamier, qu'il avait une vive curiosité de connaître : après avoir causé avec elle toute une soirée, il lui demanda la permission de la voir chez elle; mais, avertie de la défaveur que valait la fréquentation de son salon aux étrangers, princes souverains ou autres, qui venaient à Paris pour faire leur cour au vainqueur de l'Europe, elle lui répondit que, profondément honorée du désir qu'il voulait bien lui exprimer, elle croyait devoir s'y refuser, et elle lui donna les motifs de ce refus; il insista et écrivit pour obtenir la faveur d'être admis. Touchée et flattée de cette insistance, Mme Récamier lui indiqua un rendez-vous un soir où sa porte n'était ouverte qu'à ses plus intimes amis. Le prince arrive à l'heure indiquée, laisse sa voiture dans la rue à quelque distance de la maison, et voyant la porte de l'avenue ouverte, s'y glisse sans rien dire au concierge, et avec l'espérance de n'en être pas aperçu; mais le portier avait vu un homme s'introduire dans l'avenue et marcher rapidement vers la maison. « Hé, monsieur, lui crie-t-il, où allez-vous? Qui demandez-vous? que cherchez-vous? » Le grand-duc, au lieu de répondre, se met à courir, et confirme ainsi le concierge dans la pensée qu'il a affaire à un malfaiteur. Le prince et le vigilant gardien arrivent en même temps dans l'antichambre qui précédait le salon au rez-de-chaussée habité par Mme Récamier; elle entend un bruit de voix et des menaces; elle veut savoir la cause de ce trouble, et trouve le grand-duc de Mecklembourg pris au collet par ce serviteur trop fidèle, aux mains duquel il se débattait. Elle renvoya le portier à sa loge et reçut le prince avec beaucoup de reconnaissance et de gaieté. »

Plus prudent et plus adroit que le grand-duc de Mecklembourg, M. de Metternich alla chez Mme Récamier sans braver ni empereur ni concierge. Il l'avait aussi rencontrée aux bals de l'Opéra, alors fort à la mode, et il lui demanda la permission de la voir chez elle; mais, soigneux de ménager les susceptibilités impériales, il n'y alla que le matin, aux heures moins observées, où il n'y devait trouver que peu de monde et de plus indifférens visiteurs.

Un plus grand seigneur que M. de Metternich, un neveu du grand Frédéric, le prince Auguste de Prusse, frère du roi Frédéric-Guillaume III, alors régnant à Berlin, alla, pour Mme Récamier, beaucoup plus loin que les plus compromettantes visites. Fait prisonnier en 1806, au combat de Saalfeld, quelques jours avant la bataille d'Iéna, il avait accepté à Coppet l'hospitalité que lui avait offerte Mme de Staël. Il y devint éperdument amoureux de Mme Récamier, au point de la presser avec passion de l'épouser, en rompant par le divorce son mariage avec M. Récamier. Touchée, flattée, peut-être un peu émue, Mme Récamier hésita, promit, écrivit même à M. Récamier, qui, en se montrant prêt à consentir si elle insistait, lui fit d'honnêtes, sensées et affectueuses représentations. Mme Récamier prit la bonne résolution; mais elle eut le tort de laisser le prince Auguste dans une incertitude qu'elle-même ne ressentait plus : il lui en coûtait évidemment beaucoup, moins de renoncer à la brillante situation qui lui était offerte que de mettre fin au triomphe prolongé que lui valait cette passion quasi royale, naïve et exaltée comme le premier amour d'un jeune étudiant. Quatre ans après seulement, elle ôta au prince Auguste toute espérance : il lui demanda de la revoir encore une fois; elle y consentit, et lui donna rendez-vous à Schaffhouse, dans l'automne de 1811. Il y vint et ne l'y trouva pas. « Des circonstances plus fortes que la volonté humaine ne permirent point, disent les *Souvenirs*, que l'entrevue projetée se réalisât; l'exil frappa Mme Récamier à son arrivée à Coppet. » J'ai peine à comprendre comment un exil prononcé en France empêchait une course rapide en Suisse, de Coppet à Schaffhouse, et j'incline à penser que Mme Récamier, un peu embarrassée de l'entrevue, saisit, avec une insouciance un peu dure, un prétexte pour s'y soustraire. Quoi qu'il en soit, le prince Auguste ressentit vivement ce mécompte; il écrivit à Mme Récamier : « Je ne puis concevoir que, ne pouvant ou ne voulant pas me revoir, vous n'ayez pas même daigné m'avertir et m'épargner la peine de faire inutilement une course de trois cents lieues, » et à Mme de Staël : « J'espère que ce trait me guérira du fol amour que je nourris depuis quatre ans. » Il n'en guérit point, et plus de trente ans après, trois mois avant sa mort, il écrivait encore à Mme Récamier : « L'anneau que vous m'avez donné me suivra dans la tombe. » Singulier exemple d'une égale persévérance dans la coquetterie et dans la passion!

Je laisse là les princes pour les artistes. Le premier des sculpteurs contemporains, Canova, a fait un buste charmant de Mme Récamier. Elle ne le lui avait point demandé : pendant son premier séjour à Rome en 1813, elle avait beaucoup vu Canova, et lui avait témoigné, avec toute la séduction qu'elle y savait mettre, toute son admiration et pour les ouvrages de l'artiste quand elle visitait son atelier, et pour lui-même, lorsque établie à Albano, dans la maison qu'occupait Canova, elle s'était faite à la fois son hôte et sa ménagère, recevant de lui l'hospitalité du toit, et lui donnant à son tour, ainsi qu'à son inséparable frère, l'abbé Canova, celle des repas. Le grand artiste, qui avait l'esprit fin, enjoué, ouvert, avec des manières simples, et presque aussi sensible à l'agrément de la conversation qu'à l'attrait de la beauté, fut charmé de ces avances faites avec tant de grâce, et qui le flattaient dans le culte de son art, en animant, sans la troubler, la paix de sa vie. Il se plaisait à voir Mme Récamier parer son atelier, à la regarder, à causer avec elle, à s'entendre louer par elle, et il prit pour elle une très tendre amitié. Elle le quitta vers la fin de 1813 pour aller passer l'hiver à Naples. Quand elle revint à Rome, Canova et son frère l'abbé l'engagèrent à venir voir, dans son atelier, ses nouveaux ouvrages; elle s'y rendit avec empressement; elle regardait, elle admirait, elle louait; Canova et son frère semblaient distraits et touchés de quelque préoccupation mystérieuse. On entra dans le cabinet particulier de l'artiste, on s'assit; Canova, avec un mouvement de satisfaction impatiente, tira un rideau vert qui fermait le fond de la pièce, et deux bustes de femme modelés en terre apparurent, l'un coiffé en cheveux, l'autre la tête à demi couverte d'un voile : l'un et l'autre reproduisaient les traits de Mme Récamier. « Voyez si j'ai pensé à vous (*mira se ho pensato a lei*), » lui dit Canova avec une effusion joyeuse et s'attendant à un juste retour de surprise reconnaissante. L'artiste connaissait mieux les secrets de la beauté que ceux du cœur et de l'esprit d'une femme. Mme Récamier, qui se savait très belle et s'était, à coup sûr, beaucoup regardée elle-même, ne se trouvait pas une beauté régulière, purement grecque, et faite pour conserver sous le marbre tous ses avantages. Cette personne si soigneuse de plaire, si touchée des hommages et si gracieuse pour ceux qui les lui rendaient, n'eut pas en ce moment assez d'empire sur elle-même pour dissimuler à Canova l'impression peu agréable qu'elle recevait de ce buste, œuvre d'une tendre mémoire. L'amour-propre de la femme n'était pas content, celui de l'artiste fut blessé; on ne parla plus du buste, et plus tard Mme Récamier, qui voulait sans doute réparer sa faute, en ayant demandé à Canova des nouvelles, « il ne vous avait pas plu, lui répondit-il, j'en ai fait une Béatrice. » Ce fut en effet sous le nom de la Béatrice de Dante que Mme Récamier reparut en marbre; mais après la mort de Canova, son frère l'abbé envoya ce marbre à Mme Récamier, avec ces vers de Dante :

> Sovra candido vel, cinta d'oliva,
> Donna m'apparve..... (1).

et cette inscription en italien : « Portrait de Juliette Récamier, modelé de mémoire par Canova en 1813, et ensuite exécuté en marbre, sous le nom de Béatrice. »

J'ai parcouru, sans m'arrêter, bien s'en faut, devant tous, la galerie des adorateurs de Mme Récamier, et je n'ai pas encore nommé les deux hommes qui, avec le duc Matthieu de Montmorency, ont tenu, très inégalement, la plus grande place dans sa vie, et qui lui ont donné, l'un toute la sienne avec un désintéressement admirable, l'autre tout ce qu'à la fin d'une carrière bien plus brillante pourtant que traversée, il ne livrait pas à l'égoïsme amer, à l'humeur chagrine et à l'orgueil mécontent, M. Ballanche et M. de Chateaubriand.

Dans l'histoire des amitiés humaines, je n'en connais guère de plus belle, ni qui honore plus l'une et l'autre personne, que celle de Mme Récamier et de M. Ballanche. Aucun attrait, aucun motif tant soit peu mondain ne recommandait le modeste imprimeur de Lyon, je ne dis pas à l'affection, mais seulement à l'attention de la belle dame de Paris. M. Ballanche était laid, de petite condition, inconnu, habituellement silencieux et gauche, au point d'en être quelquefois embarrassant; tous ses mérites étaient cachés sous une enveloppe disgracieuse ou étrange, et ne se révélaient que dans ses écrits ou dans la complète intimité. Mme Récamier les démêla promptement; elle sentit qu'il y avait là un esprit élevé, une belle âme et une inépuisable puissance de dévouement aussi pur que tendre. Presque dès le premier jour où elle fit connaissance avec lui, elle traita M. Ballanche avec cette distinction intelligente et sympathique qui attire les plus sauvages et rassure les plus timides. Aussi, dès le même jour, M. Ballanche fut pris et possédé. « Il m'arrive assez souvent, lui écrivait-il, de me trouver tout étonné des bontés que vous avez pour moi; je n'avais point lieu de m'y attendre, parce que je sais combien je suis silencieux, maussade et triste. Il faut qu'avec votre tact infini vous ayez bien compris tout le bien que vous pouviez me faire. Vous qui êtes l'indulgence et la pitié en personne, vous avez vu en moi une sorte d'exilé, et vous avez compati à cet exil du bonheur. Permettez-moi à votre égard les sentimens d'un frère pour sa sœur. J'aspire après l'instant où je pourrai vous offrir, avec ce sentiment fraternel, l'hommage du peu que je puis. Mon dévouement sera entier et sans réserve. Je voudrais votre bonheur aux dépens du mien. Il y a justice à cela, car vous valez mieux

(1) « Sous un voile blanc, couronnée d'une branche d'olivier, une femme m'apparut. »

que moi. » Ce n'étaient point là des phrases de première et passagère émotion. M. Ballanche tint parole; pendant trente-cinq ans, son dévouement à Mme Récamier fut, comme il l'avait dit, entier et sans réserve. Il n'exigeait rien, ne se plaignait de rien, entrait dans tous les sentimens de Mme Récamier, la conseillait au besoin avec une complète franchise, mais sans l'anxiété dévote de Matthieu de Montmorency, car il ne pensait nullement à la convertir; elle était déjà pour lui une créature céleste, un ange, l'idéal qu'il passait sa vie à contempler, à admirer et à aimer, comme Dante contemplait, admirait et aimait Béatrice en traversant le paradis. « Ma destinée à moi tout entière, lui écrivait-il, consiste peut-être à faire qu'il reste quelque trace, sur cette terre, de votre noble existence. Vous savez bien que vous êtes mon étoile. Si vous veniez à entrer dans votre tombeau de marbre blanc, il faudrait bien vite me faire creuser une fosse où je ne tarderais pas d'entrer à mon tour. Que ferais-je sur la terre?... » On ne peut assister sans quelque surprise à cet amour si dégagé de toute prétention, de tout désir, de toute jalousie, et dont pourtant il est impossible de méconnaître la puissante vérité. Et ce qui fait à Mme Récamier peut-être encore plus d'honneur que d'avoir inspiré un tel sentiment, c'est qu'en l'acceptant tout entier elle n'en abusait pas, et le payait d'un retour très inégal sans doute, mais sérieux et sincère. Elle témoignait à M. Ballanche une amitié et une confiance qui, dans ce cercle de brillans adorateurs, lui faisaient, à lui, une situation douce. Elle prenait grand soin de son modeste amour-propre, de sa dignité, de ses intérêts, de ses succès; elle contribua beaucoup à le faire entrer, en 1842, à l'Académie Française, et lorsqu'en 1847, il fut atteint d'une pleurésie mortelle, Mme Récamier, qui venait de subir l'opération de la cataracte et avait besoin du plus profond repos, renonça à toute précaution, vint s'installer au chevet de son ami mourant, ne le quitta plus tant qu'il respirait encore, « et perdit dans les larmes, dit sa nièce, toute chance de recouvrer la vue. »

Quel contraste entre cette relation si sereine et les exigences, les inégalités, les ennuis, les sécheresses et les adorations alternatives qu'imposait à Mme Récamier l'amour de M. de Chateaubriand! La lecture des *Souvenirs* que publie Mme Lenormant à peine achevée, je viens de relire le volume qu'a consacré à Mme Récamier, et à ses rapports avec elle, dans les *Mémoires d'Outre-Tombe*, M. de Chateaubriand lui-même. Les femmes ont cela d'admirable que lorsqu'elles rencontrent, dans un homme qui s'occupe d'elles, de grandes qualités, de grands talens, l'éclat du mérite et de la renommée, elles supportent tous les défauts, toutes les prétentions, je dirais presque toutes les tyrannies, et pardonnent tout à la supériorité et à la passion. Ce qui est grand et beau les touche et les saisit bien plus que ce qui est mauvais et pesant ne les rebute ou ne les effraie, et quelles que soient les épreuves qu'elles subissent, elles ont des trésors de tendresse, de générosité et de patience pour qui les aime et les glorifie en les aimant. M. de Chateaubriand ne s'est pas présenté, à coup sûr, dans les *Mémoires d'Outre-Tombe*, sous les traits les moins favorables; il a employé toutes les ressources de son talent à se grandir en se peignant, et lors même qu'il raconte ses erreurs, ses fautes, ses égoïstes tristesses, ses humeurs, les mauvais côtés de son caractère et de son âme, on sent fumer dans ses paroles l'encens que brûle en son propre honneur un insatiable orgueil. Pourtant il ne réussit point à se faire tant admirer qu'on lui pardonne tout; l'impression qui reste de lui, après la lecture de ses *Mémoires*, dans les esprits clairvoyans et libres lui est très-contraire, et pour me servir des expressions les plus douces, nulle sympathie ne s'unit et une juste improbation se mêle à l'admiration qu'inspirent l'élévation de sa nature et l'éclatante originalité de son talent. Il en est autrement après la lecture des *Souvenirs de madame Récamier :* non que le Chateaubriand des *Mémoires d'Outre-Tombe*, l'égoïste exigeant, vaniteux, fantasque, ennuyé, amer jusqu'à la haine, ne s'y retrouve souvent, surtout à certaines époques de leurs relations, pendant l'ambassade de M. de Chateaubriand à Londres, le congrès de Vérone et son ministère des affaires étrangères; mais un autre homme, meilleur et plus aimable, y apparaît, un homme capable de tendresse, de respect, de constance, même de modestie et de dévouement dans l'affection souveraine qui remplit sa vie et envers la personne dont il ne saurait se passer. A mesure qu'on avance dans les *Souvenirs*, la figure de M. de Chateaubriand se rassérène et s'épure; naturellement grande et noble, elle devient plus douce et plus affectueuse; les petites passions s'éloignent, un sentiment vrai se déploie. En 1840, il écrit d'une main tremblante à Mme Récamier : « Vous êtes partie, je ne sais plus que faire. Paris est le désert, moins sa beauté. Où vous manquez, tout manque, résolution et projets. Le vieux chat ne peut plus jeter sa griffe, qui se retire. Je rentre en moi; mon écriture diminue; mes idées s'effacent; il ne m'en reste plus qu'une, c'est vous. Mes sentimens ne sont pas diminués comme mon écriture; ils sont plus fermes que ma main. Où avez-vous pris que je me plaignais de votre silence? Je n'ai pas dit un mot de cela. Je suis le plus soumis, le plus dompté de tous ceux qui vous aiment. » Il est impossible de ne pas être touché de ce qui vibre encore dans le cœur de cet illustre vieillard, et de ne pas lui rendre la justice que bien des mauvais démons en sont sortis.

C'est que Mme Récamier avait en général avec ses amis et eut surtout avec M. de Chateaubriand le beau don de développer ce qu'il y avait en eux de meilleur et de plus satisfaisant pour eux-mêmes comme pour leurs relations avec les hommes, leurs instincts élevés, leurs bons désirs, leurs sentimens généreux et équitables. Elle excellait à toucher sans bruit les cordes nobles et douces de l'âme, à panser les blessures du cœur ou de l'amour-propre, à distraire les tristesses en remplissant et animant doucement la vie. « Peut-être parviendrez-vous, lui écrivait M. Ballanche, à faire trouver en moi des choses qui y sont enfouies. J'en suis certain, s'il y a quelque chef-d'œuvre de caché dans le secret de mon âme, c'est vous seule qui pouvez faire qu'il se réalise. Votre présence si pleine de charme, les doux reflets de votre âme seront pour moi une inspiration puissante. Vous êtes une poésie tout entière; vous êtes la poésie même. » Plus tard, et en lui parlant de M. de Chateaubriand, il lui disait : « La tristesse dont il est obsédé ne m'étonne point; la chose à laquelle il avait consacré sa vie publique est accomplie. Il se survit, et rien n'est plus triste que de se survivre; pour ne pas se survivre, il faut s'appuyer sur le sentiment moral. Votre douce compassion sera son meilleur asile. J'espère que vous le convertirez au sentiment moral; vous lui ferez comprendre que les plus belles facultés, la plus éclatante renommée ne sont que de la poussière, si elles ne reçoivent la fécondité du sentiment moral. » M. de Chateaubriand a dépeint lui-même le bien que lui faisait Mme Récamier et l'état presque tranquille et doux auquel elle l'avait amené. Après avoir, dans ses *Mémoires*, décrit l'Abbaye-aux-Bois, le couvent tout entier, la chambre que Mme Récamier y occupait, la société choisie qui s'y réunissait, il ajoute : « Agité au dehors par les occupations politiques ou dégoûté par l'ingratitude des cours, la placidité du cœur m'attendait au fond de cette retraite, comme le frais des bois au sortir d'une plaine brûlante. Je retrouvais le calme auprès d'une femme dont la sérénité s'étendait autour d'elle sans que cette sérénité eût rien de trop égal, car elle passait au travers d'affections profondes. Le malheur de mes amis a souvent penché sur moi, et je ne me suis jamais dérobé au fardeau sacré; le moment de la rémunération est arrivé; un attachement sérieux daigne m'aider à supporter ce que leur multitude ajoute de pesanteur à des jours mauvais. En approchant de ma fin, il me semble que tout ce qui m'a été cher m'a été cher dans Mme Récamier, et qu'elle était la source cachée de mes affections. Mes souvenirs de divers âges, ceux de mes songes comme ceux de mes réalités, se sont pétris, mêlés, confondus, pour faire un composé de charmes et de douces souffrances dont elle est devenue la forme visible. Elle règle mes sentimens, de même que l'autorité du ciel a mis le bonheur, l'ordre et la paix dans mes devoirs. »

Qui expliquera ce charmant et salutaire empire? Par quels mérites ou par quel art une femme a-t-elle pu acquérir et garder toute sa vie tant d'amis, des amis si divers et plusieurs si éclatans, très inégalement aimés d'elle, et tous contens ou résignés à se contenter de la part qu'elle leur faisait, vivant tous en paix autour d'elle, comme un petit peuple de croyans fidèles, heureux d'adorer ensemble leur commune idole?

Quelle serait à cette question, si elle lui était posée avec pleine connaissance des faits et des personnes, la réponse de La Rochefoucauld, de ce moraliste pénétrant et sec, si habile à démêler les mauvais secrets de l'âme humaine, et à chercher dans ce qui se cache le mobile de ce qui se montre et l'explication de ce qui se voit?

La Rochefoucauld verrait, je crois, dans Mme Récamier, une grande, spirituelle, aimable et très habile coquette, une coquette à la fois conquérante et prudente, insatiable dans sa soif d'hommages et d'adorateurs, consommée dans l'art de mesurer, de distribuer et d'approprier convenablement ses grâces et ses amitiés, et mettant sa vanité à garder les titres de ses conquêtes aussi bien qu'à les acquérir; bien plus aimée qu'elle n'aimait; puissante sur tous ceux qui l'aimaient parce qu'elle ne se donnait à aucun, et les conservant tous parce que nul ne pouvait se vanter de la posséder : vraie reine de salon, dans sa petite chambre de l'Abbaye-aux-Bois comme dans son hôtel de la Chaussée-d'Antin; reine charmante, mais bien plus reine que femme; sans mari, sans enfans, sans amant; isolée au milieu d'admirateurs passionnés, d'amis fidèles et de serviteurs dévoués; trop aimable avec tous pour être avec tous également sincère; lasse peut-être quelquefois des soins que lui coûtait son empire, mais probablement contente, à tout prendre, de son sort, car il était en harmonie avec sa nature, et telle qu'elle-même l'avait fait.

Je ne pense pas que ce soit là de Mme Récamier une explication suffisante ni satisfaisante : qu'elle fût coquette et habile, et d'un cœur plus ambitieux de triomphe et d'adoration que passionné, cela est clair; mais des vérités partielles ne sont pas la vérité, et des traits ne font pas un portrait. Les grandes, belles, spirituelles, aimables et froides coquettes ne sont pas très rares; mais ni leur beauté, ni leur agrément, ni leur habileté ne leur valent la situation et la destinée de Mme Récamier. Je n'ai point été de son intimité ni même de sa cour; je la vis pour la première fois en 1807 chez Mme de Staël, au château d'Ouchy, près de Lausanne; elle était alors dans tout son éclat et au moment de l'un de ses plus brillans triomphes; le prince Auguste de Prusse l'assiégeait de ses instances passionnées. Je la trouvai très belle, plus encore parce que tout le monde le disait que par ma propre impression : il y avait, à mon goût, dans sa beauté plus de charme que de grandeur, et pas assez de feu pour tant d'éclat. Plus de trente ans se sont écoulés sans que j'aie eu avec elle aucune relation; je ne l'ai même, durant ce temps, que rarement rencontrée. Je l'ai revue après 1840, vieille alors, mais conservant, avec une convenance parfaite pour son âge, une grâce digne et séduisante qui réveillait les souvenirs de sa jeunesse et de ses succès : mon amitié pour M. et Mme Lenormant me rapprocha d'elle; j'allai quelquefois chez elle; elle me reçut avec bonté; des rapports pleins de bienveillance et de goût mutuel s'établirent entre elle et ma mère. Je l'ai assez vue, elle-même et ses entours, pour la bien connaître; je n'ai point vécu sous son charme; je ne garde d'elle qu'un souvenir de spectateur; je pense à elle et je parle d'elle sans aucune gêne ni aucun parti-pris.

Ce qui me frappe surtout en elle, c'est l'unité de son caractère et de sa vie : elle a traversé des temps très divers, dans des situations et entourée de relations aussi très diverses; elle n'en a point contracté les incohérences, ni accepté les luttes, ni subi les vicissitudes. Sous le directoire, sous l'empire, sous la restauration, sous la monarchie de 1830, à Paris, à Lyon, à Rome, à Naples, à l'Abbaye-aux-Bois et à la Chaussée-d'Antin, avec ses amis bonapartistes, légitimistes ou libéraux, riche ou ruinée, errante dans l'exil ou retirée dans un couvent, elle est restée constamment la même, gardant, en dépit des influences et des exigences extérieures, ses sentimens, ses idées, ses goûts, ses habitudes personnelles. On peut dire que tel de ces régimes lui convenait mieux ou lui était plus sympathique que les autres; elle n'a appartenu à aucun; elle ne s'est laissé marquer d'aucune empreinte ni soumettre à aucun joug; elle a été toujours et partout, et avec tout le monde, Mme Récamier, rien de moins, rien de plus et rien autre. Il y a bien de la dignité, et aussi bien de la force cachée sous une douce apparence, dans cette indépendance et cette permanence de la personne morale, quels que soient l'air qu'elle respire, les circonstances qui l'entourent et les spectacles auxquels elle assiste.

C'est grâce à ce mérite général que Mme Récamier a possédé un mérite particulier, rare en tout temps et précieux surtout de nos jours et pour elle; elle est restée modérée et équitable au milieu des passions politiques les plus vives; ses plus intimes amis, ses plus fervens adorateurs ont été, la plupart du moins, des hommes politiques, souvent adversaires, quelquefois ennemis; elle les comprenait tous et leur faisait justice à tous, non par des complaisances alternatives et trompeuses, mais par une impartialité sereine et douce, en tenant leur affection pour elle et son amitié pour eux en dehors de leurs querelles, fermement et ouvertement résolue à ne se brouiller avec aucun d'eux, quelles que fussent entre eux leurs brouilleries. « Votre situation, lui écrivait le duc de Laval au moment de la rivalité diplomatique entre Matthieu de Montmorency et M. de Chateaubriand, est sans doute une des plus complexes, des plus bizarres et des plus difficiles que je connaisse; mais je suis sûr que vous vous tirez d'affaire avec un naturel admirable, que vous portez toutes les confidences, que tout le monde est content, et que personne n'est trahi. »

Le duc de Laval avait raison; Mme Récamier ne trahissait et ne mécontentait personne. C'est qu'elle portait, dans les situations les plus complexes et avec les amis les plus contraires, une généreuse disposition, la plus sympathique et la plus pacifique de toutes; en demeurant étrangère à tous les partis, à tous les systèmes, à tous les débats spécialement politiques, elle avait un goût très vif pour tout ce qui était élevé, beau ou bon, brillant ou attachant; elle le sentait, le démêlait à travers toutes les opinions, sous tous les drapeaux, s'en saisissait comme d'un trait d'union entre elle et la personne qu'elle remarquait à ce titre, et le trait d'union devenait un lien que rien ne pouvait rompre. Jamais femme n'a été plus sensible au mérite personnel, quel qu'en fût le genre, ne lui a témoigné plus de sympathie et ne lui est demeurée plus fidèle, malgré les embarras des situations ou même les désagrémens des apparences. C'est par là qu'au milieu d'amis et d'habitudes aristocratiques, Mme Récamier était vraiment et pratiquement libérale; elle avait, pour M. Ballanche ou M. Ampère, les mêmes soins que pour le duc de Laval ou le duc de Noailles. Et ce n'était pas simplement de sa part un raffinement de coquetterie ou une habileté de salon; elle prenait le même plaisir à jouir de leurs mérites ou de leurs agrémens très divers, et leur portait à tous une sincère amitié.

Elle était libérale aussi par un autre sentiment, qui marquait en elle autant de dignité que de bon sens. Cette personne, si recherchée et si entourée du monde aristocratique, français et européen, n'oublia jamais qu'elle était née bourgeoise, et resta toujours fidèle aux amis, aux convenances et à la cause de sa condition native, aussi fidèle à Mme Delphin, sa belle-sœur, et à M. Paul David, neveu de son mari, qu'à Mme de Staël ou à M. de Montmorency. Ni dans les deux volumes que publie sa nièce, ni dans mes propres souvenirs à son sujet, je n'entrevois en elle aucune trace d'enivrement vaniteux et frivole. Tentée un moment d'entrer dans une famille royale et de devenir princesse, elle s'arrêta, par scrupule et bon goût pour elle-même autant que par devoir envers son vieux et paternel mari. Après la mort de Mme de Chateaubriand, M. de Chateaubriand, qui avait alors soixante dix-neuf ans, lui demanda avec instances de l'épouser pour vivre auprès de lui et porter son nom; elle s'y refusa: « A quoi bon? lui dit-elle; à nos âges, quelle convenance peut s'opposer aux soins que je vous rends? Si la solitude vous est une tristesse, je suis toute prête à m'établir dans la même maison que vous. Si nous étions plus jeunes, je n'hésiterais pas : j'accepterais avec joie le droit de vous consacrer ma vie; ce droit, les années et la cécité me l'ont donné; ne changeons rien à une affection parfaite. » Je ne sais si M. de Chateaubriand trouva parfaite une affection qui ne partageait pas le tendre vœu qu'il exprimait, le pied déjà posé sur les marches de son tombeau; mais pour elle-même et dans l'intérêt de sa singulière histoire, Mme Récamier eut raison de garder le nom qu'elle avait porté toute sa vie, et dont elle avait fait seule la célébrité.

Tant d'empressement à plaire, tant d'agrémens de tout genre pour plaire, tant de charme affectueux et de tendres soins pour ceux à qui elle avait plu, et tant de retenue et d'indépendance en même temps avec ceux qui lui plaisaient le plus, tant de sympathie et si peu d'entraînement, c'est surtout à ce rare mélange que Mme Récamier a dû ses universels et inépuisables succès. C'était une nature pleine à la fois d'attrait et de mesure, de douceur harmonieuse, de fine prudence et de fermeté cachée, prompte à se laisser charmer par le mérite, le talent, la distinction, le nom, la gloire, jamais dominée, même par ce qui la charmait, et donnant à ses amis un grand sentiment de confiance en elle et dans son affection, en leur laissant toujours à désirer et à attendre quelque chose de plus que ce qu'elle leur donnait. Jamais peut-être existence de femme n'a été plus habilement gouvernée à travers les difficultés des relations intimes et les écueils du monde, ni plus exempte de mécomptes à côté des succès, ni plus brillante sans grande aventure ni grand bruit.

Cette existence a-t-elle été aussi heureuse que brillante? Il paraît qu'arrivée près du terme, Mme Récamier elle-même ne le pensait pas, car elle disait souvent à sa nièce combien, dans sa vie en apparence si animée et si douce, il y avait eu de vide et d'effort, et que jamais, à une femme pour qui elle aurait de l'amitié, elle n'en souhaiterait une pareille. Elle avait raison. Il a manqué à Mme Récamier les deux choses qui peuvent seules remplir le cœur et la vie; il lui a manqué le bonheur ordinaire et le bonheur suprême, le sort commun des femmes et le privilége, quelquefois chèrement acheté, de quelques-unes, les joies de la famille et les transports de la passion. En faut-il chercher la cause dans les accidens de sa destinée ou dans le fond même de sa nature? Eût-elle été capable de goûter, sans autre désir, le bonheur simple d'une femme et d'une mère, ou de s'absorber dans un sentiment plus ardent et plus exclusif que celui qu'elle éprouvait pour M. de Chateaubriand, certainement l'homme qu'elle a le plus aimé? La plupart des lecteurs de ses *Souvenirs* inclineront à dire que non et à croire que Mme Récamier a été tout ce que par nature elle pouvait être. Je serais tenté d'en penser autrement : il y a, pour les créatures humaines vraiment supérieures, plus d'une destinée possible, et elles portent en elles bien des puissances qu'une vie humaine, toujours si étroite, n'éveille et ne développe point. Je soupçonne que la nature de Mme Récamier était moins superficielle que ne l'a été sa vie, qu'elle eût pu éprouver des sentimens plus forts que ceux qu'elle a connus, et faire d'elle-même un plus sérieux emploi que ne l'ont exigé ses mondains triomphes; mais ce seraient là, sur cette rare personne, des conjectures, et il ne s'agit ici que de ses *Souvenirs*.

J'ai dit que le livre où ils sont retracés était un monument de piété filiale. C'est aussi un monument des mœurs sociales de ces temps et de ces régimes si divers qu'a traversés Mme Récamier. La société révolutionnaire sortant de la révolution, la société de l'ancien régime rentrant en France, la société impériale s'élevant, brillant et tombant, la société en province sous le despotisme impérial, les étrangers attirés à Paris de tous les coins de l'Europe par la politique, la curiosité ou le plaisir, les Français répandus dans toute l'Europe par la guerre, la conquête ou l'exil, Paris, Rome, Naples, Coppet, Lyon, la Suisse, l'Allemagne, les personnages les plus célèbres de tous ces lieux et de toutes ces époques apparaissent, se succèdent dans cet ouvrage, et viennent s'y peindre eux-mêmes par leurs conversations, leurs lettres et les événemens considérables ou les incidens familiers de leur vie. On s'étonne quelquefois de n'apercevoir, de toutes ces grandes figures, que le côté, quelquefois petit, par lequel elles se rattachent à Mme Récamier; on ne voit pas toujours sans un peu de surprise tant de publicité donnée à tant d'intimité, et l'auteur, passionnément préoccupé des intérêts ou des sentimens de cette personne chérie, n'a pas toujours assez pensé à ceux des personnes étrangères auxquelles il touchait en passant. Je retrancherais volontiers çà et là quelques citations et quelques passages. Je trouve, à propos de certains événemens, de leurs causes, de leurs conséquences et de leur action, une politique toute de sentiment personnel ou de salon, qui ne s'accorde guère, je pense, avec les récits et les appréciations de la grande et sérieuse histoire; mais je n'ai nul goût à relever quelques fautes ou à quereller quelques détails dans un ouvrage remarquable par l'esprit généreux qui l'anime et attachant par le pieux sentiment qui l'a dicté. Tels qu'ils sont, les *Souvenirs* de Mme Récamier sont un livre rempli, pour les contemporains, d'un intérêt presque personnel et fait pour exciter vivement la curiosité historique et morale des générations qui ont envie de connaître les personnages qu'elles n'ont pas vus et les temps dont elles ne sont pas.

GUIZOT.

www.ingramcontent.com/pod-product-compliance
Ingram Content Group UK Ltd.
Pitfield, Milton Keynes, MK11 3LW, UK
UKHW020410250726
13967UKWH00006B/2560

9 782013 022620